儘管掉下來吧
我會接住你

或是說，我會學著接住你。

事情總是需要練習的嘛。

突然開花了，
我的心突然開花了。
那麼今天就是好日子，
無論是晴、是雨、是陰，還是颱風天，
今天就是個好日子。

是將難以啟齒的事，難以啟齒的我，

託付出去的好日子。

「我在啊！」

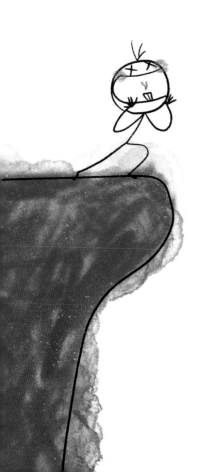

「我在啊—————！」

世界上人口 80 億，為什麼我這麼孤獨？

人生而在世，為什麼我只有一個人？

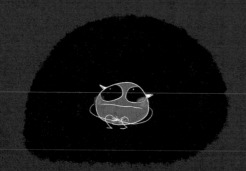

「我在啊！」

「我在啊―――――！」

「你怎麼會只有一個人？」

如果你掉進黑洞，我會帶你去吃海底撈，
你不要擔心，我會把你撈起來。

或是你想待著也可以，

我會陪你，我會等你，

直到你的心想開花。

按照你的節奏步調，不要擔心。

「我在啊，我在啊。」

看書吧，

　　看書，世界會變大喔。

我有一個好朋友

我有一個好朋友，牠的名字叫泰迪

我很喜歡吃牛奶加麥片，

可是泰迪說牠不喜歡。

泰迪說牠喜歡吃樂高積木，

所以我有幫牠準備。

我們會一起看電視。

一起畫畫，

一起唱歌跳舞。

偶爾一起洗澡。

我最喜歡跟泰迪一起抱著睡覺。

我們會在夢裡大冒險。

一起殺大怪獸，

一起救公主出來。

然後比賽看誰先起床。

有時候泰迪會跟我講笑話，

我也喜歡跟泰迪說些小秘密。

我有一個好朋友，牠的名字叫泰迪。

我會永遠永遠都那麼愛牠。

你就是我的泰迪，

　　我就是你的泰迪。

我們是彼此的泰迪。

「我愛你。」

「我愛你。」

我們有責任把自己好好扛起來，
但不代表我們只能一個人扛。

這就是為什麼我們能擁有朋友，
我們也能成為另一個人的朋友。

幫助一直都在，
只有你能決定要不要伸手回應。

「我在啊。」

總是邊跑邊灑出漂亮閃耀的亮粉，

這些亮粉展在你後頭，不知道你有沒有看到自己有多好？

真擔心你不知道，

真擔心你沒看到。

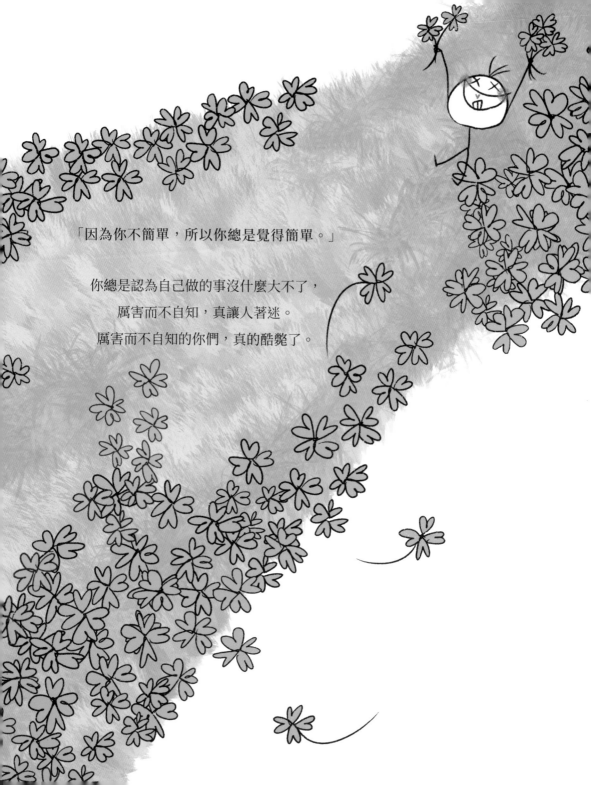

「因為你不簡單，所以你總是覺得簡單。」

你總是認為自己做的事沒什麼大不了，

厲害而不自知，真讓人著迷。

厲害而不自知的你們，真的酷斃了。

你放心，難受的時候不用急著告訴別人你很好，

因為天空可以下雨，所以你可以哭。

你要允許自己難受，坦率接受痛苦跟悲痛，
大哭、大笑，或又哭又笑。

大膽做一個活的人。

下雨了，

盡情跳舞吧。

「我愛你，我會愛你。」

不是因為你完美，是因為你獨特。

所以跳舞吧。

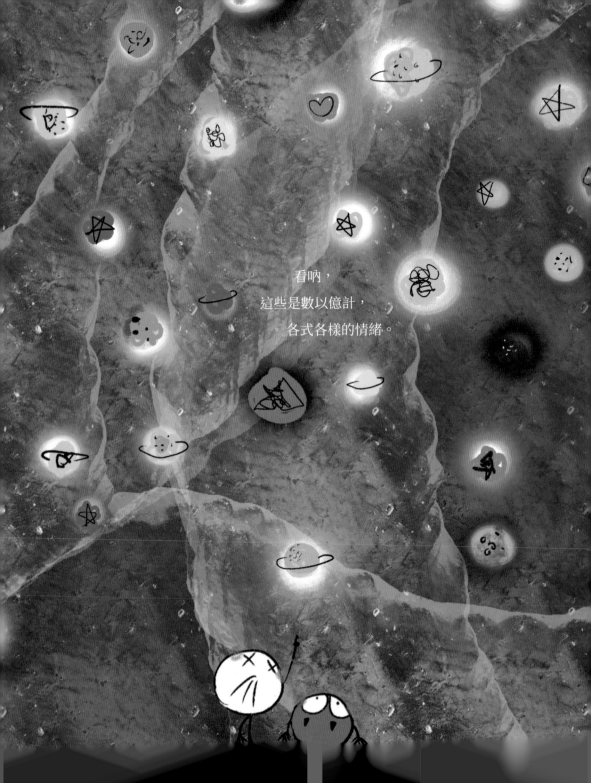

看吶，

這些是數以億計，

各式各樣的情緒。

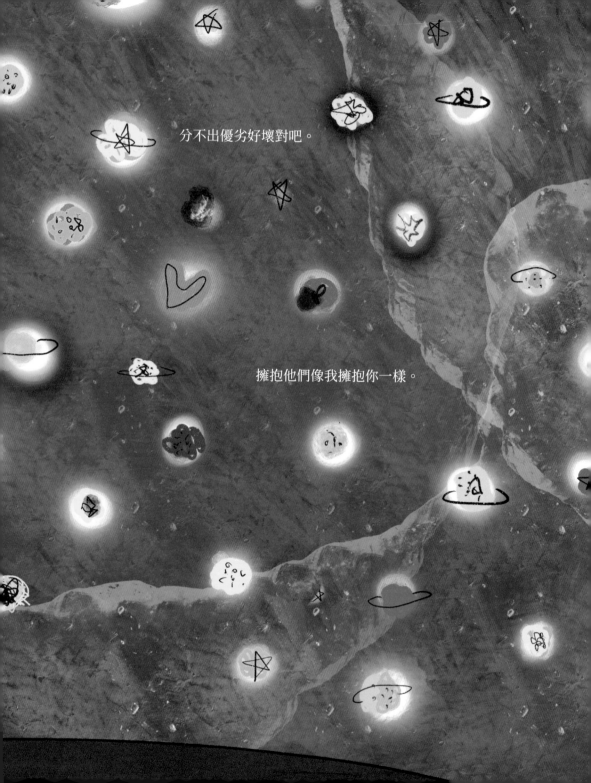

長大，穩定長大。

學習如何駕馭自己，看見自己的情緒。

寧願真，不要好。

你要學習溫柔地駕馭自己。

雖然長大會有很多這樣的時刻。

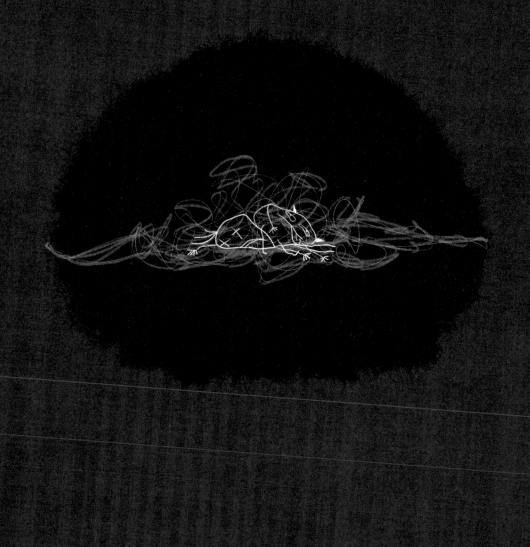

「好重，你可以起來一下嗎？」
「抱歉，我沒辦法。」

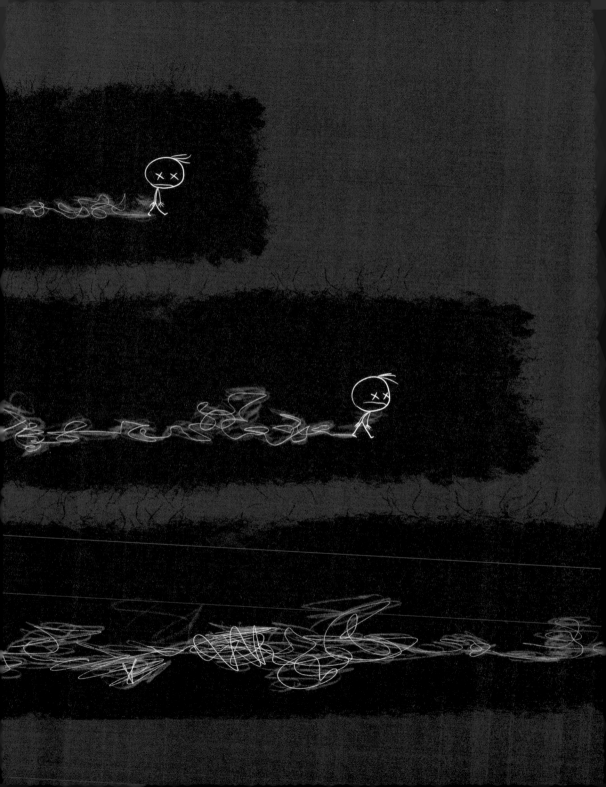

像是完成了什麼，又什麼都沒完成。

給毛毛蟲時間，羽化成蝶需要時間。

相信時間、相信世界、相信自己，
或擇一相信也可以。

無論如何要相信。

越美好的目標越不容易達成，
這樣夢想成真之後更顯珍貴啊。

起來吧，我會陪你。

你要做自己的領路人，
不要怕，我會陪你。

「我在啊！」

「我在啊——————！」

你怎麼會一事無成，

你才沒有一事無成。

這一路走來如此豐盛，你不可以不記得。

相信你的無所不能。

自信嘛，就是要自己相信自己啊。

看書吧，

　　看書，世界會變大喔。

世界上有很多種怪物，舉凡…

年獸

衣櫥怪

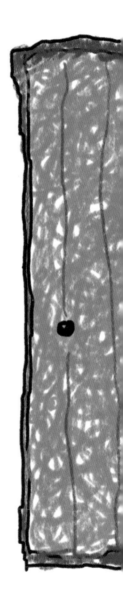

蛀牙妖

阿米巴癢央獸

噴嚏哈邱妖

而我呢，

我是其中比較特別的一種，我叫 "長大"。

其實我長得不可怕，但是小朋友們都怕我。

他們躲在桌子底下 ‧‧‧‧‧

他們躲在棉被裡。

或拔腿狂奔。

其實我長得不可怕，

認真看的話，我還有點可愛耶。

長大其實有很多快樂的事情，

例如上學⋯

例如作怪…

例如戀愛…

例如有能力完成目標…

例如有能力照顧心愛的人…

長大不只不恐怖，而且還充滿快樂的事情。

你準備好要擁抱我了嗎；)

所有小孩都期待長大，

只有忘記跟自己靠攏的大人不喜歡長大。

人生的獲得就是在挑戰自己的想像力，
把心眼打開。

大膽捨，大膽得。

我會給你比你想像中的多更多。

長大是總是在懸崖邊吊掛，

　　　　　但盛開的花；

　　　長大是求而不得，

　　　　　　終於放手的瞬間；

長大是精疲力竭，

　　學會休息後，睜眼的神清氣爽；

　　　　長大是流血、潰爛，

　　　　　　　然後重生。

長大呀，

　　就是無論被摔碎過幾次，

　　　　都願意大膽地把自己交出去。

看書吧，

　　看書，世界會變大喔。

我夢想碰到門上的把手，被你看見了。

你幫我實現願望。

我變得喜歡你。

你夢想吃到  巧克力蛋糕，

為了報答你，

我幫你實現了。

你變得喜歡我。

從此之後，你去哪我都跟著你，

我去哪你也跟著我。

你會分我玩你的玩具，

我會分你喝我的奶瓶，

我們一起進入同一所學校，

一起過好多個節日，

對彼此許下諾言，

我喜歡你，

你喜歡我，

我要永遠跟你在一起。

愛情讓人想長命百歲。

長大後我學會很多事不輕易喜歡，也不輕易不喜歡。
對你，我不只好喜歡，

　　　　　　　　　　　我還要老派。

散很長的步，

　　　　牽很深的手，

說很濃的情話，

　　　　　跳滑稽的舞，

唱最大聲的情歌。

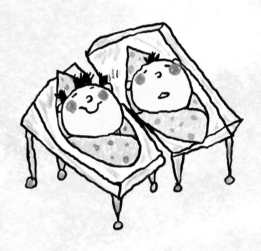

「我們的相遇，註定讓此生不無趣。」

儘管掉下來吧，

　　我會接住你。

「我愛你。」

或是說，

我會學著接住你，

事情總是需要練習的嘛。

雖然努力也無法解決的事是有的，

試過就好了。

「我愛你。」

茶葉蛋要裂開才能入味，心也是。

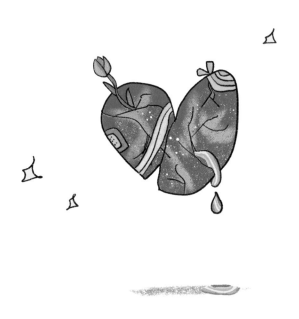

試過就好了。

你放心，
你的愛沒有落空，
他們落在成為你的路上開始發芽。

一株株、一叢叢，

　　他們會在你心上，開成世界上最可愛的花。

如果可以，好好說再見，不行也沒關係，

　　如果可以，好好想念，不行也沒關係。

　　談一場大人感的戀愛，

　　談一場大人感的分手。

好好想念，

　　每天一些些，一點點。

　　　　　　　　剛剛好就好。

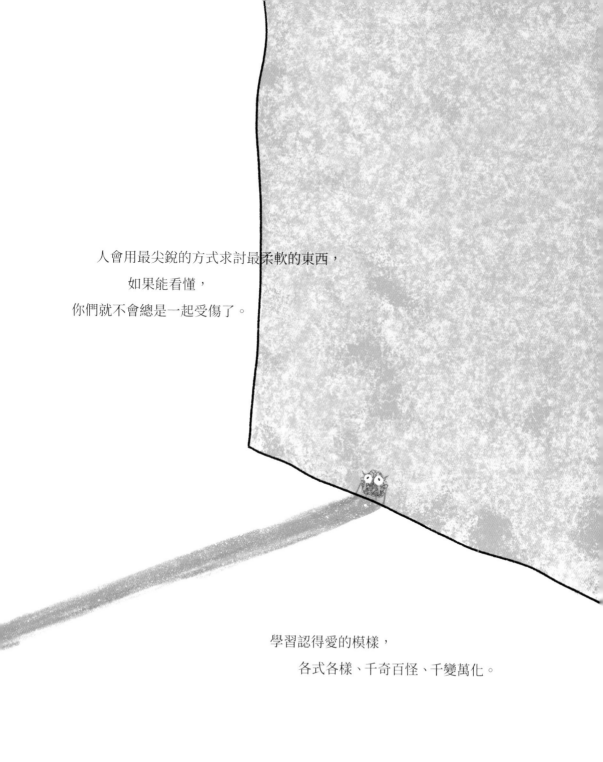

人會用最尖銳的方式求討最柔軟的東西，

如果能看懂，

你們就不會總是一起受傷了。

學習認得愛的模樣，

各式各樣、千奇百怪、千變萬化。

雖然會總是想哭，

你要跟自己跳更多的舞，

說更多的話，

散更長的步。

孤獨而輕盈，

你正在自己的道路上。

向雨學習，像雨那樣。

降下來就是降下來。

心情好的人說，這雨好美啊；

心情不好的人說，這雨糟透了。

但雨就是雨，降下來就是降下來，

她知道她是誰，她在做什麼。

向雨學習，像雨那樣。

不要去想不負眾望，你只需要不負己望。

「不要怕把自己拋向未知，

　　因為如果一不小心很好玩怎麼辦？」

「那麼，那時候你會在對嗎？」

「你會一直都在對嗎？」

「對嗎？」

「對吧？」

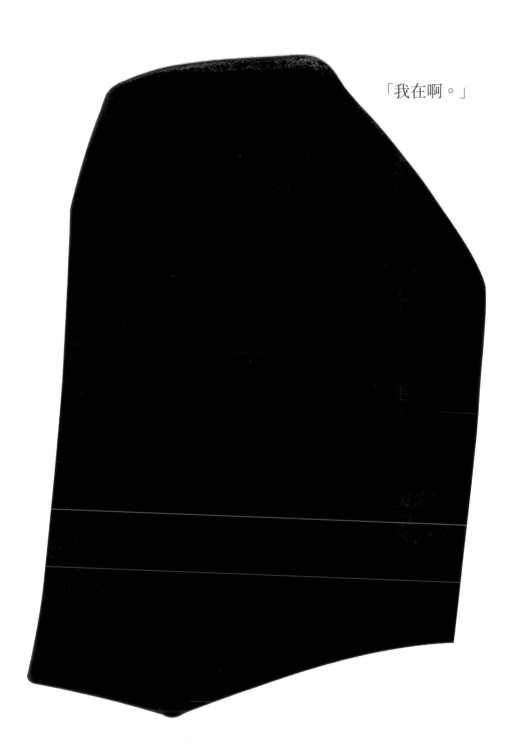

「我在啊。」

「我一直都在，我永遠都在。」

「我愛你。」

你身為你，就一直在給我力量，
　　你只要是你，就足夠獨特閃亮。

「我愛你。」
「我會愛你。」

長大就是不斷練習解壓縮快樂的能力。

親愛的，祝你一切順利，
　　就算有不順利的，也能感到有趣。

「我愛你，

　　　我會永遠愛你。」

「我會永遠一廂情願地愛你。」

後記

/

我想做一位像陽光的人，
由內而外，讓人感到暖洋洋。
後來才發現，
我是被溫柔地對待而感到溫暖，
我是看著許多人發光而感到溫暖。

原來我不是陽光，
我是被陽光照耀的人。

謝謝所有讀者，謝謝所有你們。

儘管掉下來吧，我會接住你

作　　者｜郭源元
封面題字｜賴懶
裝幀設計｜molly H

發 行 人｜蘇世豪
總 編 輯｜杜佳玲
特約編輯｜張釋云
行銷企劃｜張歆婕
美術編輯｜陳雅惠
法律顧問｜李柏洋

地　　址｜台北市大安區和平東路三段 66 號 2 樓
出版發行｜是日創意文化有限公司
總 經 銷｜大和書報圖書股份有限公司

本版發行｜2024 年 1 月 20 日
一版二刷｜2024 年 6 月 20 日
定　　價｜480 元

國家圖書館出版品預行編目 (CIP) 資料

儘管掉下來吧，我會接住你 / 郭源元作 . -- 臺北市：是
日創意文化有限公司 , 2023.12
　　面 ；　公分
ISBN 978-626-96955-4-6(平裝)

863.55   112014443